MIS PRIMEROS LIBROS

A PEDRO PEREZ LE GUSTAN LOS CAMIONES

por Catherine Petrie

ilustrado por Jerry Warshaw

Traductora: Lada Josefa Kratky

Consultante: Dr. Orlando Martinez-Miller

Preparado bajo la dirección de Robert Hillerich, Ph.D.

CHILDRENS PRESS ®

CHICAGO

Para Luke

Library of Congress Cataloging-in-Publication Data

Petrie, Catherine.
A Pedro Pérez le gustan los camiones.

(Mis primeros libros)
Resumen: Trata de un niño a quien le gusta todo tipo
de camiones. Se incluye una lista de palabras.
[1. Camiones—Ficción.] I. Warshaw, Jerry, il.
II. Título. III. Serie.
PZ7.P44677Jo   [E]   81-17076
ISBN 0-516-33525-1   AACR2

A Pedro Pérez le gustan
los camiones.

CAMIONES GRANDES . . .

camiones chicos . . .

camiones l-a-r-g-o-s . . .

camiones cortos.

A Pedro Pérez le gustan
mucho los camiones.

Camiones rojos . . .

camiones verdes . . .

15

camiones amarillos . . .

camiones azules.

A Pedro Pérez le gustan
mucho los camiones.

Camiones que suben . . .

camiones que bajan . . .

y camiones que dan vueltas.

KEEP
ON
TRUCKIN'

A Pedro Pérez le gustan
mucho los camiones.

LISTA DE PALABRAS

a	dan	Pedro Pérez
amarillos	grandes	que
azules	gustan	rojos
bajan	largos	suben
camiones	le	verdes
cortos	los	vueltas
chicos	mucho	y

Sobre la autora

Catherine Petrie es especialista de lectura con un grado de Master of Science en el campo de la lectura. Ha estado enseñando lectura en las escuelas públicas durante los últimos diez años. Su experiencia como maestra la ha ayudado a darse cuenta de la gran falta de materiales disponibles para el lector bien joven. Su uso creativo de un vocabulario limitado basado en palabras comunes, en combinación con repetición frecuente y grupos de palabras que riman, le dan al joven lector una experiencia de lectura positiva e independiente. *Hot Rod Harry, Sandbox Betty* y *A Pedro Pérez le gustan los camiones* son sus primeros libros de lectura que han sido publicados.

Sobre el ilustrador

Jerry Warshaw, nacido en Chicago, recibió su entrenamiento en el Instituto de Arte de Chicago, en la Academia de Arte de Chicago, y en el Instituto de Diseño.

El señor Warshaw se ha dedicado a trabajar independientemente, y sus obras incluyen su ilustración de la tira cómica de la historia americana "The American Adventure." Fue consultante de arte en la Illinois Sesquicentennial Commission y, además de diseñar el emblema oficial de la comisión y su bandera, diseño e ilustró el *ILLINOIS INTELLIGENCER*, el periódico de la comisión. Sus ilustraciones han aparecido en numerosos libros para niños, en libros de texto, en revistas y anuncios. También diseña carteles, tarjetas y escultura.

Un historiador de vocación, el señor Warshaw es miembro perpetuo de la Sociedad histórica de Chicago, fue presidente de la Civil War Round Table y de la Children's Reading Round Table y es miembro de la Sociedad de Arte Tipográficas, del Chicago Press Club y del Instituto de Arte de Chicago.

El señor Warshaw vive en Evanston con su esposa Joyce, su hija Elizabeth, sus tres gatos, una salamandra acuática, un conejillo de Indias y dos gerbos.